LES

TABLETTES

DU

DIABLE,

PAR

CHARLES ROBIN.

75 Cent. — 1er MAI.

ALBERT FRÈRES, ÉDITEURS,
RUE DE LOUVOIS, 2,
Et chez tous les Libraires.

1847.

LES

TABLETTES DU DIABLE.

TYPOGRAPHIE FÉLIX MALTESTE ET Cie,
rue des Deux-Portes-St-Sauveur, 18.

LES TABLETTES

DU

DIABLE

PAR

CHARLES ROBIN.

PARIS
ALBERT FRÈRES, ÉDITEURS,
RUE DE LOUVOIS, 2,
et chez tous les libraires.

1847

LES

TABLETTES DU DIABLE.

N'EN CROYEZ RIEN.

Le monde a gravi, non sans quelque lassitude, une multitude de siècles pour arriver à l'apogée des lumières et des progrès.

Appuyé sur ses vieilles béquilles, il a mis ses lunettes vertes et a découvert cette vérité qui ne remonte pas plus haut que Salomon : à savoir qu'*il n'y a rien de nouveau sous le soleil.*

Éreinté, édenté et cacochyme, il éprouve le besoin de se rajeunir et de remonter le fleuve de la vie : il en revient même aux temps primitifs. Il se met au vert, boit du laitage, avale des

œufs frais — et couronne des rosières. Il n'a gardé de la régence que les petits soupers — et n'aime à voir lever l'aurore que pour aller se coucher.

Son culte est la vertu, — la table est son autel, — et le cigare son encensoir éternel, à moins que ce ne soit la pipe.

Seulement il n'est pas bien fixé sur cette grave question : — si, à son chaste point de vue, la feuille de figuier n'est pas préférable à la feuille de vigne, et *vice versâ*.

Nous suivrons le siècle dans ce sentier escarpé où sa susceptibilité pudibonde le conduit, et pour nous tenir à la hauteur de cette grande et belle civilisation qui fait du peuple français le peuple le plus spirituel de l'univers, nous déclarons vouloir répondre aux plus pressants besoins de notre époque.

En conséquence :

Nous voterons de nos deux mains l'abolition du roman-feuilleton pour rendre le repos à M. Chapuys-Montlaville.

Nous proposerons la peine de mort contre tout romancier qui n'écrira pas dans un but utilitaire.

Nous demanderons l'abolition de tous les corps de ballets et avant-scènes d'où l'on pourrait soupçonner les tibias de nos danseuses.

Bien plus :

Nous adresserons une pétition à la Chambre pour qu'elle impose l'usage des pantalons à tous les mollets qui réclament du coton et à toutes les jambes qui manquent de galbe.

Nous ne conduirons jamais nos lecteurs ou lectrices dans les petits appartemens du quartier Bréda — ou sous les ombrages de Meudon, de Mabille et du Château-Rouge —qu'avec des précautions infinies.

Nous jetterons sur toute espèce de tableaux-vivans une gaze si peu transparente que la morale sera sauvée.

Nous réclamerons pour toutes les statues des Tuileries et du Musée l'opération qui se pratique au Pont-Neuf sur les caniches.

Nous demanderons le prix Montyon pour M. Cavé.

Nous célébrerons les vertus de nos ministres, l'indépendance des pairs de France, le désintéressement et le patriotisme des députés, l'activité de la justice, la prospérité toujours croissante, l'impartialité de certains journaux, la fécondité des écrivains, la moralité des théâtres, le talent des artistes féminins à six cents francs d'appointemens qui en dépensent trente mille, et une foule d'autres vérités cachées sous le boisseau.

La vérité sommeille, éveillons-la !

Allons, debout paresseuse, guidez nos pas !

Une promenade au Salon.

Un ex-rapin de nos amis, enfant gâté de la fortune, nous a joué dernièrement un tour pendable. Sous prétexte d'une partie de plaisir, le traître! il nous a entraîné au Louvre, et bon gré, mal gré, nous avons dû monter le grand escalier de l'antique palais de nos rois. Pour nous venger, nous nous sommes bien promis de ne pas le saluer à la prochaine rencontre. Nous l'avons déjà consigné chez notre portier, c'est-à-dire notre concierge.

Une fois dans les salons de l'Exposition, il a bien fallu se résigner et utiliser son temps.

Au premier coup d'œil, nous avons été frappé de l'admirable discernement de l'administration du Musée, qui s'entend aussi bien à classer les tableaux que le jury à les admettre.

Pour l'intelligence et l'impartialité ils n'ont pas le plus petit reproche à s'adresser. Ils sont dignes l'un de l'autre, et ce n'est pas peu dire. Ainsi, voyez la malice de cette perfide administration.

On sait que de mémoire d'exposition le salon carré est spécialement réservé aux chefs-d'œuvre. Ceux qui en doutent peuvent s'en convaincre en voyant du même côté que la fameuse *orgie romaine* de M. Couture, les tableaux de madame Cavé, la directrice des Beaux-Arts.

Hein ! que vous en semble? Voilà la fine fleur des pois de ce que M. *de* Balzac appelle du *truc*, et que nous appelons tout simplement du tact. Madame Cavé à côté d'une orgie échevelée !

Quel agréable voisinage que tous ces hommes *gris!*

Si cependant madame Cavé n'était pas une artiste d'un immense talent, si enfin elle ne produisait pas des chefs-d'œuvre, elle n'aurait pas eu à subir ce pantagruélique contact. Mais, bah! on ne peut pas arriver à la célébrité avec des scrupules de rosière.

Quand nous fûmes enfin parvenu auprès des tableaux de madame la directrice, nous nous consolâmes d'avoir une côte à demi enfoncée, un orteil écrasé, et un habit — au lieu d'une redingote — en admirant les cadres de ces toiles remarquables.

Quelques envieux, quelques jaloux (vilaine race!) ont osé attribuer des complices à madame Cavé.

— Des complices! s'est écrié M. Roqueplan avec une indignation de pinceau effarouché, c'est une calomnie!

Il est de fait qu'il y a des gens qui sont bien *singuliers* avec leurs *pluriels.*

Dans les choses les plus insignifiantes pour le vulgaire des rapins l'artiste éminent se révèle.

Voyez, dans le mirifique *petit tournoi* de madame Cavé, ces deux amours de perroquets. Comme ils paraissent indifférens au milieu du vacarme qui se fait autour d'eux! *Fractus illabatur orbis*... Ils se becquettent et se rebecquettent avec un plaisir qui vous arrache des larmes d'attendrissement. C'est ingénieux, c'est spirituel, c'est sentimental, c'est tout ce que l'on peut attendre d'une femme douée d'une exquise sensibilité...Et il faut avoir bien du talent pour transcrire de telles idées! Aussi, nous l'avons dit : madame Cavé est dans le salon carré!!!

Et Rubens, ne le voyez-vous pas figurer aussi dans ce *Tournoi* mignon? Malheureux Rubens! ce qu'il y fait.... Ah! diable! voyons ce que fait Rubens en présence de cette élégie de perruche...Le grand homme dessine, mais vu sa qualité de grand peintre, madame Cavé a pensé qu'il n'avait pas besoin de fixer ses yeux sur son travail. Aussi sa main seule est à l'œuvre (la main de Rubens, bien entendu), son attention est ailleurs. Il rêve probablement aux douceurs du ménage en voyant le bonheur dont jouissent les deux volatiles.

Cette particularité serait-elle une épigramme? Madame Cavé aurait-elle voulu faire allusion à cette masse de tableaux qui semblent être peints sans la participation des yeux? Nous ne le pensons pas, car nous ne croyons pas madame Cavé capable d'une méchanceté.... de cette nature.

Parlez-nous de M. Heim; — lui qui ne *s'expose* (1) pas tous les ans, — et pour cause, — disent les mauvaises langues, — a eu la générosité de céder à d'autres la place qu'il avait le droit d'occuper dans le salon carré, attendu sa double qualité de génie et de membre de l'Institut. Il est vrai que M. Heim avait la douce persuasion qu'on irait l'admirer à une place plus modeste. N'importe, de sa part c'est

(1) M. Heim fait partie de l'aréopage qui place les tableaux.

toujours une grande preuve d'abnégation et de désintéressement, monnaie bien rare par le temps et les directeurs des beaux-arts qui courent.

Tout le monde sait combien M. Heim est fort sur l'anatomie; mais pour le rappeler à ceux qui auraient pu l'oublier ou qui ne s'en apercevraient pas en regardant son tableau, le facétieux artiste a eu le soin de se donner pour vis-à-vis les femmes de M. Duveau, que nous tenons pour de très belles *écorchées*.

M. Heim a voulu faire les portraits de quelques-uns de nos grands écrivains. Les malheureux !

Si les *écorchées*, nous voulons dire les *exilées* de M. Duveau, expriment leur désespoir par une sueur de sang, en revanche la pauvre abandonnée de M. Romain-Cazes n'en a pas une goutte dans les veines. C'est une compensation.

La *Judith* de M. Ziegler nous donne une pauvre idée du goût d'Holopherne. Il est vrai que le général desAssyriens était gris quand il s'est laissé bêtement couper la tête par la veuve de Manassès.

Dans son tableau des *Naufragés*, M. Olivier (Achille), en guise d'eau, a composé tout son premier plan d'une coquille gigantesque. C'est probablement pour que ses naufragés puissent se sauver.

Il y a une certaine vue des *Alpes maritimes* qui doit avoir été prise par quelque habitant de la lune. De tout autre point il serait impossible de les voir ainsi.

Il faut que M. Coutel compte bien sur un miracle pour croire que son *Christ* pourra marcher sans boiter avec une jambe comme celle qu'il lui a adaptée au côté droit. Décidément les artistes ne respectent plus rien.

Indigné de tant de profanations, nous avons fendu la foule pour fuir au plus vite un lieu où l'on voit des monstruosités de toutes les couleurs. Plusieurs fois nous avons été arrêté dans notre fuite précipitée, et — malgré nous — nous avons levé les yeux sur les pastels de M. Borionne —

qui sont d'un si beau vert — que cet artiste a dû se faire ce raisonnement : — La peinture étant l'imitation en beau de la nature et la nature étant toute verte dans les beaux jours, on doit, par conséquent, peindre en vert. C'est peut-être pour la même raison que tant de ciels sont bleus. Les pastels de M. Borionne n'ont d'égaux que ceux de M. Pingret, qui nous a donné une pacotille d'amours ressemblant, à s'y méprendre, à un buisson d'écrevisses sur une botte de persil.

En détournant nos regards de ces curieuses toiles, pour chercher vainement, hélas ! quelques-uns des beaux *pastels* de M. Isidore Maguès, de ces portraits si frais, si gracieux, que nous avons tant admirés les années précédentes, nous avons aperçu les nymphes de M. Vidal faisant de la gymnastique — et nous n'avons fait qu'un bond jusque dans lés caves destinées à la Statuaire, où , après avoir admiré, entr'autres choses, — le *basset à jambes torses* qui brandit une épée, l'*enfant Jésus*, son voisin, —

qui n'est pas moins cagneux — et l'Amour qui cache sa tête derrière son aile, — parce qu'elle le gêne par sa grosseur, — nous fûmes accroché par le nez de M. Philippe Dupin.

La Peinture, impuissante à reproduire un tel relief, y a renoncé en faveur de sa rivale, qui, — loin de manquer une si belle occasion, — a représenté deux fois le même nez, — une fois en grand, une fois en petit. Et même, pour le multiplier encore, — on a placé sa figure devant un miroir, de manière à ce que ce nez s'y reproduise avantageusement en profil.

Eh bien, ce nez n'est rien comparativement à celui que nous avions en sortant du Louvre.

M. Chapuys-Montlaville et sa proposition.

Il y a trois castes sociales qui sont autant de lèpres : ce sont les envieux, les jaloux et les impuissans. M. Chapuys-Montlaville appartient au moins à une de ces trois classes, sinon à toutes les trois, attendu que les impuissans sont envieux et que les envieux sont jaloux.

Ainsi la célébrité de M. Dumas produit le même effet sur M. Chapuys-Montlaville que sur M. Castellane, et ce brave M. Chapuys tonne contre les romans-feuilletons pour exhaler sa bile contre le romancier. D'autres prétendent que ce sont les succès de M. de Balzac — au Faubourg-Saint-Germain — qui exaspèrent ce bon M. Chapuys-Montlaville, et enfin les mieux informés assurent que sa sainte fureur provient de ce que les héroïnes de M. Eugène Sue lui tournent la tête.

Cette méchanceté est toute gratuite. M. Chapuys-Montlaville n'est si fort en colère contre la littérature que depuis le jour où M. Carnot, son ami, a publié des romans-feuilletons. Le moyen d'être calme en présence du triomphe d'un collègue qui vous écrase de sa supériorité, qui se lance dans une voie où il sait qu'on ne peut pas le suivre, le lâche!...

Aussi, ne pouvant anéantir les feuilletons et les feuilletonistes, M. Chapuys-Montlaville a cru leur faire une bien grosse niche en proposant à la Chambre d'exempter du timbre les journaux qui ne publieraient pas de feuilletons.

M. Chapuys-Montlaville veut parler à la Chambre et faire parler de lui à tout prix. Et Dieu sait ce qu'il a débité de niaiseries depuis une dizaine d'années pour satisfaire sa marotte. C'est l'homme des propositions, quand même. Ainsi, entr'autres balourdises, c'est lui qui proposait il y a quelques années de réduire six ou huit cent mille francs sur un chapitre du budget. Il n'y avait qu'un petit inconvénient à la prise en considération : c'est que la somme demandée n'était que de cent cinquante mille.

On ferait des volumes avec les propositions analogues qu'il a faites à la Chambre. La proposition est sa manie, son dada !

Nous tenons trop à la bienveillance de nos lecteurs pour leur faire la mauvaise plaisanterie de relever toutes les phrases creuses, tous les mots ronflans et vides de sens employés par M. Chapuys-Montlaville pour développer sa malencontreuse proposition.

Contentons-nous de dire qu'après un piteux exorde, où il fait appel à la sympathie de ses collègues, il n'a pas craint d'avancer qu'un député, homme d'esprit, homme d'état, qui siége au sommet du centre gauche — et qui exerce une influence considérable sur l'un de nos plus grands journaux, disait à l'un de ses amis en parlant du journal et des feuilletons à longue haleine qu'il a publiés :

« Avouez, mon cher, qu'il est bien désagréable d'occuper le premier étage d'une maison dont le rez-de-chaussée est si mal habité. »

Le propos n'est après tout qu'une boutade qui fait d'autant moins d'honneur à son auteur que l'ingrat doit sa position à ces mêmes feuilletons qu'il calomnie. C'est lui qui a pris l'initiative de la publication du feuilleton-roman et c'est à cette idée qu'il doit sa fortune. Que deviendrait-il, grand Dieu ! si MM. Alexandre

Dumas, Méry, Théophile Gautier et consorts rétorquaient l'argument et refusaient d'habiter un rez-de-chaussée dont le premier étage est si mal occupé? Et que dirait-il, cet homme d'esprit, cet homme d'état dont parle M. Chapuys-Montlaville, si le spirituel vicomte Delaunay refusait tout à fait de demeurer avec l'incivil député?

Pour en revenir à la proposition, qui n'a pas même été soutenue par les journaux qui avaient le plus d'intérêt à l'appuyer, elle ne tend à rien moins qu'à commencer une ère nouvelle de priviléges dans un pays qui a fait une révolution pour que chacun puisse également publier ses pensées. Demain on pourra présenter aux Chambres une autre loi pour exempter du droit de poste les journaux qui s'engageront à ne faire aucune opposition au gouvernement, et après-demain on viendra leur demander d'exempter du cautionnement ceux qui appuieront le ministère. Une fois en si beau chemin on aurait tort de s'arrêter.

A tous les points de vue la proposition Chapuys-Montlaville est absurde parce que l'homme d'état, l'homme d'esprit lui-même, qui, selon M. Chapuys-Montlaville, trouve désagréable le voisinage des premiers écrivains de notre époque, ne voudrait pas en bénéficier si elle était convertie en loi; — elle est inadmissible, parce qu'elle est contraire à l'esprit de la charte.

L'abolition du timbre rendra-t-elle les discours ou les articles de nos hommes politiques moins filandreux, moins monotones, moins ennuyeux? Nous ne le pensons pas. Donc, au lieu de pénétrer dans les intérieurs à l'aide des spirituels et amusans feuilletons qui leur en ouvrent les portes, ils en seront complétement bannis.

Que la *Presse*, les *Débats*, le *Constitutionnel*, le *Siècle* cessent demain de publier des feuilletons, et dans trois mois ces journaux auront perdu les neuf-dixièmes de leurs abonnés.

Qu'on dise après cela que le goût du public

est dépravé parce qu'il préfère ce qui l'amuse à ce qui l'ennuie, c'est une boutade de nos hommes politiques et rien de plus. Mais ces messieurs ont beau faire et dire : Prenez mon ours! Ce bon public reste sourd et insensible. Est-ce la faute du public si, depuis seize ans, les luttes parlementaires se bornent à décider qui occupera le pouvoir de MM. Thiers, Guizot, Molé ou autres? Est-ce la faute du public si vous passez un mois en congratulations oiseuses, et trois autres mois à décider si le duc de Montpensier a bien ou mal fait d'épouser une infante d'Espagne? Est-ce la faute du public si vous n'avez ni verve, ni entrain, ni éloquence, ni rien enfin de cet admirable talent de nos pères, orateurs infatigables qui subjuguaient l'Europe par leur éloquence et leur patriotisme? Croyez-vous que le roman-feuilleton eût été lu à cette glorieuse époque ou qu'il eût été nécessaire de proposer une censure fiscale pour le proscrire?

Rentrez en vous-même, monsieur Chapuys-

Montlaville, et vous reconnaîtrez que les coupables ne sont pas ceux que vous signalez. Le public ne s'intéresse pas à des débats insignifians dont l'issue est toujours connue d'avance, et il a raison. Mais que nos députés imitent ces représentans d'un grand peuple, les Barnave, les Mirabeau, les Danton, qui après cinquante ans étonnent encore le monde; et vous verrez que si quelque chose est dépravé, M. Chapuys-Montlaville, ce n'est pas le goût du public.

On ne lit plus le *Moniteur* parce qu'on le relit.

Nous croyons avoir trouvé le secret de la haine de M. Chapuys-Montlaville pour les romans-feuilletons en lisant cette phrase :

Le bon sens quitte toujours les hommes qui s'enivrent d'eux-mêmes et de leurs idées : c'est le premier châtiment de leur vanité et la cause d'une irremédiable impuissance.

Les comptes-rendus de la Chambre étant toujours relégués à la 3e ou 4e page des journaux, M. Chapuys-Montlaville et son ami, le député du sommet du centre gauche, ont tort de se plaindre de leur voisinage, puisqu'ils sont avec l'*esprit éthéré de fourmis*, les *pâles couleurs*, les *stérilités*, les *langueurs*, les *faiblesses*, le *savon à détacher* et les *bibcrons-Darbo.*

La Chambre des Pairs se plaint des dédains de nos ministres et de l'indifférence de la presse.

Cette bonne Chambre des Pairs n'a pas tort de se plaindre, car ses séances sont vraiment dignes d'intérêt.

Voici un échantillon en faveur de notre assertion :

M. LE PRÉSIDENT : Je vais lire un article...

M. DE BOISSY : Je demande la parole (*on rit*).

M. LE PRÉSIDENT : Il n'y a plus de parole..... (*on rit*).

M. DE BOISSY : Je proteste... (*murmures*).

M. LE PRÉSIDENT : Protestez tant que vous voudrez (*on rit*).

M. DE BOISSY : Il y a violence .. (*on rit*). Je propose un amendement.

M. LE PRÉSIDENT : Il n'y a plus d'amendement... (*on rit*).

UNE VOIX : Quoi ! qu'est-ce que vous voulez ?

M. DE BOISSY : Qui est-ce qui fait des *observations inconvenantes* ?

On devrait les faire tout haut j'y répondrais de *toutes manières*.

M. LE PRÉSIDENT : Je lis l'article... (*on rit*).

L'article n'est pas lu et la Chambre adopte.

Toutes les séances de la Chambre des Pairs, à l'exception de quelques petites scènes de haut-comique, se bornent à ceci :

M. LE PRÉSIDENT : Je propose...

LA CHAMBRE : Nous acceptons.

Lorettes et Messalines.

Les dieux s'en vont et les lorettes aussi. Avant peu le spirituel mot de M. Nestor Roqueplan sera tout ce qui nous restera des jolies pêcheresses qui ont causé tant d'insomnies aux pauvres délaissées des salons. A ce sujet *le Corsaire* raconte qu'une des angéliques créatures abandonnées pour d'affreux démons, avait répondu à celui qui l'engageait à tuer le veau gras pour le retour probable des enfans prodigues :

— Êtes-vous bien sûr qu'ils auront encore faim?

La vanité a tué la grisette, la cupidité tue la lorette. Elle était bien un peu gloutonne, mais aujourd'hui elle tient de la hyène pour la voracité.

Ce qu'on aimait chez la lorette primitive, ce n'était pas la femme, c'était son charmant babil, sa gracieuseté, sa bonté de cœur, son désintéressement, son insouciance, sa vie capricieuse et ses idées fantasques. Elle savait faire aimer ses vices et ses vertus, ses qualités et ses défauts. Étiez-vous triste, elle avait de douces paroles, d'adorables sourires, d'ineffables caresses; — étiez-vous gai et heureux, elle doublait votre bonheur par ses folles joies et ses ravissantes mutineries.

La lorette n'avait qu'un dieu, le plaisir; — qu'un culte, encore le plaisir; — qu'une religion, toujours le plaisir! Aujourd'hui la hyène n'a plus qu'un dieu, qu'un culte, qu'une religion, l'or! Folle et rieuse, on trouvait la lorette partout butinant, — papillonnant, — sans soucis de la veille, — sans préoccupations du lendemain. Elle avait d'inépuisables trésors de tendresse et d'amour pour celui qui lui plaisait, de délicieuses câlineries pour tous. Si elle vous trompait, elle le faisait avec tant de grâce et d'esprit qu'on l'aimait même pour son inconstance. Jamais elle ne mesurait son amour à l'ampleur de votre bourse, mais bien à ses sensations. Le cœur entrait pour quelque chose dans la douceur de son regard, dans la grâce de son sourire, dans le ton caressant de sa voix.

Aujourd'hui les lorettes n'ont plus de cœur. En voici la raison : c'est que toutes les femmes de chambre sans emploi, toutes les Laïs exotiques, toutes les chamarreuses, brunisseuses, fleuristes, lingères, modistes et couturières qui ont *dévié,* c'est-à-dire tout ce qui est gonflé d'orgueil et boursoufflé de sottise, — tout ce qui est laid, paresseux et gourmand, — toutes les femmes enfin qui sont au-dessous des Phrynés modernes, ont envahi le domaine de nos poétiques lorettes d'autrefois. Les théâtres, les bals, les concerts, les promenades sont empoisonnés de ces syrènes qui n'ont d'autre industrie que de détrousser les sots et les crédules. Et tout ce qui a des souliers vernis, des chaînes Ruolz et des gants à 29 sous reçoit leurs dévalisatrices œillades.

Si vous n'avez ni souliers vernis, ni gants à 29 sous, ni petits chapeaux, ni habits ridicules, elles ont pour vous le regard d'un chien à qui on voudrait enlever l'os qu'il ronge, sans préjudice du grognement—si vous approchez trop près. Aussi tous ceux qui n'ont pas le moyen d'avoir deux paires de bottes ordinaires, ont une paire de souliers vernis. Les restaurans à 18 sous sont remplis des lions de ces hyènes.

Et cela se comprend. Pour se mettre à l'unisson des robes de soie et des chapeaux de velours ou de crêpe, il faut s'imposer des privations, c'est-à-dire se priver du nécessaire pour avoir le ridicule du vice.

De même qu'il y a des femmes en robes de

satin qui n'ont pas de pain chez elles, on voit des commis à douze cents francs porter des bottes vernies et des gants jaunes.

Qu'en résulte-t-il? C'est que ces vaniteuses misères se rencontrent, — s'abusent réciproquement — et se prennent dans leurs propres filets.

Jugez de la figure que fait la hyène lorsqu'elle s'aperçoit — un peu tard — qu'au lieu d'un quart d'agent de change ou d'un fils de famille à exploiter, elle n'a trouvé qu'un employé à quinze cents francs ou un commis de nouveautés! C'est ce qui arrive tous les jours au milieu d'une société qui se résume par un mot : PARAÎTRE!

Voilà pourquoi l'homme du monde, l'homme qui se respecte, disons mieux, l'homme d'esprit abandonne les déesses du veau d'or, ces nouvelles Messalines, à ceux qui sont dignes de les posséder.

ORAISON FUNÈBRE

DE

LA REINE POMARÉ.

> Et Rosita vécut ce que vivent les roses,
> L'espace d'un matin.

La reine Pomaré se meurt, la reine Pomaré est morte... Voilà le cri fatal qui retentit de la métropole des lorettes aux sinueux quartiers de la Boule-Rouge. Le deuil flotte sur les hauteurs de Bréda.

— Elle aimait trop le bal, c'est le bal — aidé des médecins, — qui l'a tuée, dit l'une.

— Courte et bonne! c'était sa devise, dit l'autre.

Et pour nous ce mot vaut toutes les oraisons funèbres de tous les aigles de Meaux possibles.

Celle que les assauts du champagne et de l'amour n'avaient pu vaincre a été enlevée en quelques jours par une fluxion de poitrine. Croyez donc après cela au droit divin.

La royauté de Pomaré, il est vrai, a toujours été à nos yeux une flagrante usurpation. La véritable couronne lui a été décernée par les indigènes du *Prado*, de la *Chaumière* et de la *Chartreuse*. Du moment que Rosita a passé l'eau pour venir chez *Mabille* et au *Château-rouge*, elle n'a plus régné que sur la gentilhommerie de l'aunage, du comptoir et des gros sous, — sur cette jeunesse dorée qui s'habille avec des chapeaux sans bords, de la toile à matelas et du papier gris.

Et puis, Rosita n'avait rien d'idéal dans les traits. Nous nous rappelons une magnifique chevelure, il est vrai, des cils longs et touffus; mais aussi une figure trop carrée et sans expression, un front trop bas et un nez sans caractère. — Nous lui préférions de beaucoup ses compagnes Maria et surtout Rose-Pompon. — On lui a décerné le sceptre de la valse et de la polka... A quel titre? nous lui avons vu dans le peuple féminin cinquante émules qui la dépassaient de beaucoup.

Enfin, Rosita Sergent, autrement dit la reine Pomaré, a été l'enfant gâté de la fortune, qui a déposé capricieusement sur son front la couronne. — Son plus beau titre est celui que nous proposons d'écrire sur sa tombe : *ci-gît une bonne fille*.

CLARY FAUVETTE.

On parle sérieusement de donner pour successeur à Pomaré Clary Fauvette, dont le parrain littéraire nous est assez connu. On dit qu'elle lui a inspiré au moins un poème.

Ce serait un bon choix. Mais nous craignons que Clary Fauvette, peu prétendante de sa nature, ne préfère le bonnet phrygien à la couronne. — Voilà qui serait nouveau et curieux.

CLARY FAUVETTE est svelte et cambrée. Elle a de beaux grands yeux noirs, un nez aquilin et des lèvres étalées un peu créoles. Bien plus : ce qui la distingue de toutes nos Aspasies, et autres oiseaux de passage ou de proie, c'est *qu'elle a de la race*, c'est-à-dire une main de vénus antique pour la petitesse et le potelé, et un véritable pied andaloux. — A elle la couronne. — La reine Pomaré est morte. Vive CLARY FAUVETTE !

LES EXCELLENCES.

On sait que la Chambre a beaucoup ri de la prétention de nos ministres au titre d'*excellence*.

Et en effet l'outrecuidance était forte. Être

ministre par la grâce d'une révolution qui s'est empressée d'abolir les *monseigneurs* — et vouloir ressusciter les *excellences*,—c'était... drôle. Aussi, nous le répétons, la Chambre en a beaucoup ri — et la France entière n'a pas tardé à partager cette hilarité. C'était d'autant plus risible qu'aucun ministre n'a osé soutenir ses prétentions à l'excellence, tant il est vrai que l'homme a toujours conscience de sa valeur. Cependant ces messieurs pouvaient sans crainte prendre la responsabilité de ce ridicule : un de plus ou de moins ne paraît guère sur le nombre.

Et bien ! M. Martin (du Nord) fils a voulu venger ses patrons, et, sans le moindre scrupule, il a bravement envoyé des cartes de visite ainsi conçues :

M. le COMTE Ernest Martin (du Nord), secrétaire, pour les cultes, de son *excellence monseigneur* le ministre de la justice et des cultes.

Voilà qui s'appelle assommer son homme du coup.

On voit que M. le *comte* Ernest Martin connaît l'axiome : quand on prend du galon on n'en saurait trop prendre.

Reste à savoir comment les amis et connaissances de M. le secrétaire, *pour les cultes*, qualifieront une courtisannerie en opposition flagrante avec l'ordonnance qui interdit formellement aux ministres de s'appeler autrement que *monsieur*.

On trouvera peut-être une circonstance atténuante dans le nom qui est au bas de l'ordonnance : elle est signée Dupont de l'Eure !

FRÉTILLON.

Frétillon était jeune et jolie. Il y a bien longtemps de cela. Frétillon avait seize ans et... son innocence !

C'était dans une petite ville de province. Frétillon sortait du théâtre où elle venait de répéter. En passant devant le quartier de cavalerie, Frétillon aperçoit un capitaine à la taille de géant, à l'air martial, au regard impérieux, un vrai soldat enfin. Il avait surtout une longue paire de moustaches noires qui eussent effrayé toute autre que Frétillon.

On faisait le pansement dans la grande cour de la caserne. Le capitaine s'approche d'un soldat qui étrillait un fort beau cheval et bougonne contre le malheureux cavalier.

— Vous savez bien, lui dit-il, que je ne veux pas que l'on touche à mon cheval.

Et s'emparant de l'étrille, il se met à brosser, à étriller avec une ardeur frénétique, ne s'arrêtant que pour caresser l'animal, auquel il prodiguait les plus doux noms. Et il l'embrassait sur les naseaux, — et il le câlinait— comme aurait pu faire l'amant le plus épris pour sa maîtresse. Et Frétillon s'était arrêtée, — et elle n'avait pas trop de ses deux grands beaux yeux pour regarder ce spectacle si nouveau pour elle.

Les frémissemens de plaisir, les hennissemens de reconnaissance de ce noble animal, — qui semblait si heureux des soins touchans dont il était l'objet, — et la transformation soudaine de ce grand diable de capitaine qui paraissait éprouver une joie si vraie, si pure à faire la toilette de son coursier, firent une si vive impression sur Frétillon qu'elle en resta toute pensive.

— Que cet homme doit être aimant et bon, murmura-t-elle en l'observant à la dérobée.

La pose méditative de cette jeune fille, sa contemplation extatique — au milieu de tous ces soldats — fut remarquée et excita la curiosité de chacun. Le capitaine seul ne la voyait pas.

Enfin il leva la tête, et ses yeux rencontrèrent le regard magnétique de Frétillon qui devint pourpre et s'enfuit en lui adressant son plus gracieux sourire.

Un regard de Frétillon! un sourire de Frétillon! à seize ans!

A dater de ce jour, Frétillon retourna voir le bel officier, et il faut l'entendre raconter ce qu'elle dut faire pour attirer l'attention de cet homme si exclusivement occupé de son cheval.

Enfin le capitaine remarqua cette enfant si frèle, si mignonne, si jolie qui palpitait sous son regard. Il s'approcha, et — aux premiers mots qu'il lui adressa — la pauvrette se prit à trembler d'émotion, de crainte, de bonheur peut-être... Qui oserait approfondir le cœur des femmes, le cœur de Frétillon surtout!

Tout ce que nous savons c'est qu'elle l'écouta, et qu'un jour sa belle robe d'innocence perdit quelque peu de son éclatante blancheur.

Et voilà comment Frétillon, — qui plus tard devait voir des princes à ses pieds, — commença ce long poème dont elle ne nous a pas encore dit le dernier mot.

Mais ses premiers voyages à Cythère (vieux style) ne furent pas heureux, car elle dit en riant que les quinze premières strophes de son poème pourraient s'intituler : VIERGE et MARTYRE!...

⁂

Une nouvelle Déesse de la Liberté.

Les bons Munichiens ne se doutaient pas qu'ils polkaient sur un volcan. — Une danseuse a suffi pour mettre la Bavière en révolution; — le coton de ses mollets s'est changé en coton-poudre, et les jésuites ont sauté comme des hannetons qu'enverrait promener l'éclat d'une mine. On parle déjà d'une constitution fraîche éclose sous les ronds de jambe et les jetés-battus de la senora Lola-Montès. Les Allemands rêvent qu'elle est la déesse de la Liberté sous la jupe courte de Terpsichore.

Depuis que le vieux roi Louis s'est énamouré de ce démon féminin, c'est un tout autre homme; — il a dépouillé l'écorce germanique. Il se fait faire la barbe tous les deux jours et se trouve moins souvent dans ce charmant état d'expansivité qui le rendait si intéressant.

Ce salpêtre incarné qui s'appelle Lola a produit à Munich l'effet d'une poignée de poudre-

Fève qu'on jetterait dans un verre d'eau. Tous les Munichiens en sevrage sont devenus des Lovelace, des Don Juan, des Antony. Il est vrai qu'étant accoutumés jusqu'alors aux Bavaroises, ils ignoraient ce *chic* tout parisien qui est l'apogée de l'art et le sublime du genre panthère.

Quelques niais qui donnent dans toutes les excentricités naïves, se sont mis en tête que Lola était un mythe, une sorcière, un messie. Ils ont dépassé d'un seul coup les Allemands en admiration extatique, les primitifs qu'ils sont! C'est les *plumitifs* qu'il faut dire.

Lola-Montès est plus femme que cela pour nous, — et nous connaissons la pécheresse.. en dépit de Talleyrand, ce roi des diplomates, qui a dit en mourant qu'il avait tout défini, tout, excepté la femme!

On sait que le *National* a fait une réponse un peu brutale à Lola-Montès en l'invitant à envoyer sa prose aux journaux du roi de Bavière.

Et c'était justice. La presse française a autre chose à faire que de s'occuper des incartades d'une danseuse — sifflée à l'Opéra et huée à la Porte-Saint-Martin — qui veut faire savoir à l'Europe qu'elle n'est pas une courtisane vulgaire.

Nous n'avons qu'une objection à faire contre cette dignité de la presse : c'est qu'elle a éte trop tardive.

Attendu cette exclusion le scandale était plus difficile et cependant le besoin s'en faisait vivement sentir. Alors on a fait paraître une petite brochure sur les aventures de Lola-Montès, racontées par elle même, ou l'absurde le dispute à l'impertinence. L'odyssée est digne de l'héroïne : c'est aussi bète que bouffon.

Si ce *factum* apocryphe pouvait émaner de la mangeuse de jésuites on pourrait croire qu'elle a voulu se venger du mépris des journalistes — pour sa prose — en écrivant cette grotesque phrase :

Je recevais chez moi la fleur du journalisme

français; le babil de ces bons petits écrivains m'amusait beaucoup! Farceuse, va!

La chronique de certaines cours tourne à la régence! La petite reine d'Espagne s'amuse.. Quoi d'étonnant? Elle est dans l'âge des plaisirs, et l'amour ramène si souvent les souverains à l'égalité qu'il n'y a rien d'extraordinaire à ce qu'elle subisse la loi commune. D'ailleurs bon sang ne peut mentir, ou — comme dit encore la sagesse des nations :— bon chien chasse de race.

La royauté constitutionnelle est une chose si monotone qu'il est bien permis à l'*innocente* Isabelle de se distraire un peu; avant d'être reine on est femme et Espagnole, que diable! Ce qui est risible, c'est qu'on en fait presque une Marguerite de Bourgogne. Pauvre petite! Est-ce sa faute si les gens de sa livrée qui portent, dit-on, ses poulets, passent de vie à trépas?

M. Chapuys-Montlaville s'inquiète beaucoup des libraires et fort peu des écrivains.

On connaît sa devise :

Tout pour l'entrepreneur, et rien pour l'ouvrier !...

Quelqu'un, Barthélemy, croyons-nous, avait déjà dit :

« L'homme absurde est celui qui ne change jamais. »

Mais l'honorable M. Dangeville a cru devoir employer un langage plus parlementaire pour exprimer la même idée.

Eh ! Messieurs, s'est-il écrié, est-ce que l'on ne change pas d'avis tous les jours. *Il n'y a que les animaux qui ne changent jamais!*

M. Dangeville est un homme de beaucoup d'esprit.

Le nombre des gens qui visent au Napoléon est effrayant. Nous avons eu le Napoléon de la guerre ; — nous avons le Napoléon de la paix, le Napoléon des finances, le Napoléon de la littérature, etc., etc.

M. *de* Balzac a rêvé qu'il était le Napoléon des romanciers. L'a-t-il seulement rêvé? Nous l'ignorons. Ce que nous pouvons affirmer c'est qu'il en est au moins le *dab* (lisez *la Presse*).

Entr'autres originalités, il est arrivé à M. *de* Balzac de faire écrire au fond de son alcôve :

REMUER LE MONDE PAR LA PENSÉE COMME NAPOLÉON L'A REMUÉ AVEC L'ÉPÉE.

Certes, on ne peut contester à M. de Balzac qu'il remue beaucoup de choses.

Un de nos amis croit nous faire un grand plaisir en nous informant que M. *de* Balzac est tout simplement le fils de M. Balzac, chaudronnier à Tours. Que nous importe! Si cela est, nous plaignons M. *de* Balzac de s'être donné le ridicule d'une particule nobiliaire. La véritable noblesse c'est le talent. Et nous avons regretté bien amèrement l'aberration d'esprit d'un autre prince de l'intelligence qui s'est vanté d'être sorti de la cuisse d'un gentilhomme. On laisse les ridicules au crétinisme emparcheminé, c'est sa propriété.

Pour en revenir à M. de Balzac, — puisque *de* il y a, — l'illustre écrivain a deux phases bien distinctes dans sa vie.

Horace de Saint-Aubin avait écrit trente volumes et l'auteur n'était pas connu.

M. de Balzac a inauguré sa célébrité, dit-on, par la collaboration d'une spirituelle marquise qui souffla dans le tuyau de la plume de l'écrivain certaine anatomie conjugale que M. de Balzac mit à profit? Quoi qu'il en soit, Horace de

Saint-Aubin est à Balzac ce que Bonaparte était à Napoléon, toute proportion gardée. Ils n'ont différé que par l'*illustration*.

Nos honorables conservateurs..... de leurs bonnes grosses sinécures viennent encore de l'échapper belle! Il n'y a pas quinze jours que M. Duvergier de Hauranne leur demandait de prendre en considération une proposition qui ne tendait à rien moins qu'à leur faire voter qu'ils sont députés en vertu d'un vice électoral, — et voici que M. de Rémusat leur demande à son tour de reconnaître qu'ils ne gagnent pas l'argent qu'ils s'allouent sur le budget, — comme si on pouvait se dire de ces choses-là à soi-même!.

Demander une réforme électorale? pourquoi

faire? pour empêcher la corruption? Allons donc! fadaises! Est-ce que les électeurs se laissent corrompre!!!...

Demander une réforme parlementaire? quelle abomination! Et que deviendrait le ministère s'il n'avait plus deux cents députés intéressés à voter pour lui?

Mais, dit M. Duvergier de Hauranne, il y a des Drouillard; — mais, dit M. de Rémusat, vous touchez vingt, trente et quarante mille francs pour un service que vous ne faites pas! si vous voulez représenter le pays, faites comme nous, représentez-le à vos dépens. L'égalité doit exister dans cette enceinte.

L'égalité? Horreur! ce sont des anarchistes! l'égalité!...

Et les centres se sont levés comme un seul homme pour rejeter les deux propositions!

Dans une seule et même séance de la Chambre

des Pairs, M. de Boissy a dit qu'il ne fallait pas chercher l'immoralité dans les rangs inférieurs de l'armée, mais bien, — comme dans la société, — dans la partie supérieure; — et M. le prince de la Moskowa a prétendu que les hommes qui ont de l'argent encourraient moins de reproches s'ils le mettaient à la Caisse d'Épargne....

Tout cela est bien gros de méchanceté!...

M. Drouillard, le Drouillard que vous connaissez, a obtenu de nouveau 78 voix aux dernières élections de Quimperlé. Deux ou trois voix de plus au troisième tour de scrutin et il était réélu.

A défaut d'autre probité, les électeurs bretons ont au moins de la probité commerciale.

Quelque chose d'analogue s'est passé pour M. de Carné, à Quimper. Ce député a troqué son indépendance contre un emploi lucratif et les électeurs lui ont témoigné combien ils appréciaient cet acte de haute sagesse en lui donnant 24 voix de plus qu'à sa précédente élection.

Et l'on demande la réforme électorale!!! On crie à la corruption! Quelle audace! quelle calomnie!

Vous sentez-vous corrompus, MM. les électeurs de Quimperlé et de Quimper?...

On nous adresse une anecdote assez intéressante où madame Pradier figure en première ligne. Mais le *sujet* est si *usé* que nous ne le jugeons pas digne de figurer dans nos *Tablettes*.

M. Hébert a inauguré son ministère par une triple exécution capitale : cela promet. Les coupables de Buzançais sont morts, la société est vengée!

Triste vengeance, monsieur le ministre des grâces, car on pourrait vous dire ce qu'on a déjà écrit à un prince :

« Les coupables, monsieur, ce sont ceux qui disposent de la chose publique, ceux à qui la France met tout en main, sa science pour prévenir le mal, sa richesse pour le réparer ; — ceux qui, malveillans ou ignorans, ne savent — ou ne veulent — ni organiser l'industrie, ni assurer le droit au travail, ni favoriser la production et la circulation ; — ceux qui ne peuvent que gaspiller les ressources du pays et les dévorer en fêtes folles, en vaines dépenses, en pure perte pour tout le monde excepté pour eux ; — ceux, enfin, qui gèrent notre fortune de telle sorte qu'il suffit d'une mauvaise récolte pour troubler l'ordre, menacer le présent, inquiéter l'avenir, détruire toute sécurité et tout remettre en question.

» Quant à cette foule d'indigens, de victimes, ils ne demandaient qu'à travailler, qu'à vivre tranquilles, eux et les leurs. Tant que le pain fut possible ils ne bougeaient pas. Le peuple est bonne bête d'habitude, pauvre cheval aux yeux bandés qui tourne dans son cercle à faire vos huiles. Il est facile à mener et porte le collier avec une patience et une résignation aveugles. Il se contente de peu, n'a pas de temps à perdre et ne veut que gagner sa vie en repos. Il ne se révolte guère pour son plaisir, allez! Ce n'est pas pour s'amuser qu'il va se faire piquer aux bayonnettes, fouler aux pieds des cavaliers; — ce n'est pas pour s'amuser qu'il quitte sa journée, sa famille, qu'il s'expose à la mort et rend sa femme veuve et ses enfans orphelins....

» Pour que le peuple sorte des gonds, il faut donc qu'il soit forcé, outré, poussé à bout. S'il s'agite, c'est qu'il souffre.... »

Et quand on a tant besoin d'indulgence pour soi-même, se montrer impitoyable, monsieur, envers des malheureux égarés par le désespoir, c'est..... impolitique. La justice avait fait son devoir, la clémence devait user de son droit.

DIALOGUE

entre deux critiques, à la première représentation

d'UN POÈTE, au Théâtre-Français.

— Tiens, Auguste est donc tombé dans le sentimental?

— Non! c'est Jules.

— L'auteur des *Iambes*?

— Non pas! l'autre, celui qui prétend nous donner l'*Ombre de Molière*...

— Allons donc! s'il en avait seulement le squelette...

— C'est un petit employé de la Liste Civile, section des *menus*.

— Ah bah! je ne m'étonne plus s'il arrive du premier bond.

— Et protégé de la famille des Rohan... Il caressait le chien de madame, l'autre jour à l'Ambigu, à la *Closerie des genêts*.

— Mais, dis-moi, les Rohan sont donc des *ralliés?*

— Il y a longtemps.

— Ah bah! tu parais au courant... Alors Buloz et Desnoyers ont accepté la chose dudit Jules B......, par ordre.

— J'en ai peur.

— Une idée... Et si Auguste allait intenter une action en diffamation à Jules qui a l'audace de s'appeler aussi B......

— Satané farceur, va!...

Nous avons entendu dernièrement une femme de beaucoup d'esprit déplorer le tort considérable que font certaines femmes aux artistes.

Et en effet, le scandale est si grand dans certains théâtres qu'une honnête femme ne peut s'y faire voir ni sur la scène, ni même dans la salle. Autrefois les femmes entraient au théâtre pour jouer la comédie ; —aujourd'hui tout est changé. La scène n'est plus qu'un moyen d'exhiber des épaules et des jambes. Nous croyons même qu'elles exhibent quelque chose de plus, sans préjudice d'une télégraphie de prunelle avec les spectateurs.

Nous sommes entré dernièrement dans un petit théâtre qui a la réputation d'être toujours bien pourvu en sexe, et nous y avons entendu un jargon si grotesque, nous y avons vu des scènes acrobatiques, chorégraphiques et autres si dégoûtantes de cynisme... que nous sommes encore à nous demander à quoi servent les municipaux et les sergens de ville.

Ces bazars d'un nouveau genre paraissent être la propriété exclusive d'une demi-douzaine de petits messieurs qui se donnent une peine infinie pour faire remarquer qu'ils sont au mieux avec les épaules, les jambes, etc...

Il n'y a pourtant pas de quoi s'en vanter.

⁂

Au temps jadis où l'entente cordiale régnait entre le château de Vincennes et l'île de Monte-Christo, le prince artilleur disait au marquis romancier :

— Hélas !... mon père me tient les cordons de sa bourse royale un tant soit peu serrés... Il ne me donne que 30,000 francs par an pour les frais de mes menus...

— 30,000 francs, s'écria l'orgueilleux voyageur avec un superbe dédain. Mais c'est ce que je donne à mon fils.

A une des répétitions de l'*École des familles* d'Adolphe Dumas quelqu'un disait :

— Nous aurons désormais deux Dumas comme nous avons eu deux Corneille.

Et après la répétition, Alexandre serra la main à Adolphe en lui disant :

— Au revoir Thomas.

C'était le vendredi-Saint.

Le gros lord B..... se présente chez une de nos bayadères à la mode.

— Que me veut aujourd'hui cet ennuyeux cantaloup, s'écrie Terpsichore.

— Dam !... répond en souriant la caméristе. Les cloches viennent de partir à Rome : il profite d'un jour de liberté pour changer de couche.

Depuis quelques années il s'est implanté à Paris un nouveau genre d'industrie qui attend une qualification. Nous voulons parler de toutes ces *ventes pour liquidation, pour cessation de commerce, pour cause de fin de bail*, à 40, 50, 60 % de rabais. Désireux de profiter de cette occasion unique, vous entrez, vous achetez un paletot, par exemple, et un jour vous apprenez qu'un de vos amis a fait la même emplette — pour dix francs de moins que vous — dans un magasin qui ne vend pas au-dessous du cours.

Nous connaissons une maison de commerce qui a vendu pendant un an à 70 % de rabais pour cause de liquidation et qui a gagné cent mille francs, à l'aide de ce stratagème, en écoulant une foule de vieilles marchandises achetées à vil prix.

On peut appeler cela le *vol au rabais*.

Quand le tour est fait le magasin revêt une peau neuve et reprend le cours paisible de sa vente.

Peuple de badauds que nous sommes!

M. Sax a-t-il ou n'a-t-il pas inventé les instrumens qui portent son nom? a-t-il puisé ses inventions en Allemagne ou dans son cerveau? Voilà la question que l'on se bugle, c'est-à-dire que l'on se saxe-horn depuis plusieurs mois dans le temple de Thémis. Barthole dit oui en *la* mineur, et Cujas dit non en *ut* majeur. Vous jugez de la cacophonie.

Les clarinettes et les cornets à pistons (prononcez saxo-tromba), font entendre des sons qui arrachent des cris de désespoir à M. Berlioz.

L'accord a fui le domicile des facteurs et l'harmonie n'y existe même plus à l'état de souvenir.

On assure qu'à la prochaine audience M. Sax se propose de faire entendre son saxophone pour confondre ses détracteurs.

On peut donc compter que ce procès fera beaucoup de bruit.

Nous tâcherons de trouver la clef de cette affaire. Qu'on se le saxophonise.

Entr'autres âneries de la Restauration on connaît cette substitution de l'effigie d'Henri IV sur la croix de la Légion-d'Honneur à la place de celle de l'empereur.

Ces jours derniers des pétitionnaires ont fait un appel à la justice et à la vérité en demandant, — pour la quinzième fois au moins, — outre la cessation d'un pareil anachronisme, qu'il soit permis à la famille de l'empereur Napoléon de rentrer en France et que le nom de Napoléon soit restitué au chef-lieu du département de la Vendée. Le député chargé du rapport de la pétition a eu l'impertinence de dire que ces questions étaient trop *misérables* pour qu'on s'en occupât.

L'outrecuidance est forte, mais elle n'étonne personne.

Nous en avons entendu bien d'autres, ma foi! Ce qui nous étonne c'est qu'on laisse subsister le drapeau tricolore à côté de ce bon Henri IV qui était loin de se douter qu'on l'accolerait un jour aux trois couleurs, issues d'une révolution. Pourquoi ne pas avoir laissé le drapeau blanc?

Ce M. Lecoulteux éprouvait une joie d'enfant terrible à dire la famille *Bonaparte*, les neveux de *Bonaparte*. Nous avons vu le moment où il allait appeler l'empereur *ce monsieur*.

Mais il n'en a rien fait pour ne pas motiver les réclamations de M. DE Castellane. Il s'en est tenu à Buonaparte.

— Dites donc la famille de l'empereur, lui a crié M. de Cambacérès.

Et M. Lecoulteux de répéter : la famille *Bonaparte*.

Et la Chambre de renvoyer pour la seizième fois ces *misérables* questions de *reconnaissance nationale* à MM. les ministres, qui continuent à rendre hommage au grand homme, — ce qui est très flatteur pour lui, — mais qui persistent à ne pas rendre justice à sa mémoire.

Les Pygmés ont toujours peur des Géans, même quand ils sont morts (les géans).

M. Cavé a ses sympathies et ses antipathies. Les unes sont reléguées dans les théâtres et dans le monde ; les autres sont partout, excepté au salon.

⁂

Il y a quelques années un personnage assez influent ne pouvant se livrer à toutes les douceurs du tête-à-tête avec la femme d'un artiste de mérite, trouva très ingénieux d'envoyer en mission dans l'autre monde le mari importun. Quand nous disons qu'il fut expédié pour l'autre monde, nous entendons par là un pays dont on ne revient jamais, ce qui est synonyme.

Quelque temps après le départ du malheureux mari on apprit sa mort, et le personnage en question épousa la veuve inconsolable... de n'avoir pas songé plus tôt à conseiller l'expédient.

Cette recette vient d'être remise en pratique à l'égard d'un de nos jeunes littérateurs; mais le jour de son départ le spirituel écrivain signifia à son épouse éplorée, — et d'un ton qui n'admet pas de réplique, — qu'elle eût à l'accompagner.

Est-ce M. Biétry qui fait un procès à M. Cuthbert ou M. Cuthbert à M. Biétry ?

A force de vouloir faire éviter les malentendus au public, MM. Biétry et Cuthbert ont si bien confusionné leurs *trames* qu'on perd tout à fait le *fil*, c'est-à-dire la *chaîne*, et qu'on ne sait plus à quel *tissu* se vouer.

Nous soupçonnons fort M. Duveyrier de souffler le feu de la discorde entre ces deux cachemires, qui ne cessent de s'*échigner* à tant la ligne.

A une des dernières représentations de madame Stolz, quelques journalistes s'entretenaient beaucoup au foyer de l'Opéra de cer-

:ains articles des *Débats* et du *Constitutionnel*.

Une annonce de la *Presse* défrayait surtout la conversation. Nous la donnons textuellement et gratis. Une ORPHELINE, sous la tutelle d'un oncle fort âgé et qui possède une grande fortune, désire se marier à une personne qui aurait une belle position sociale et dont l'âge ne *soit* pas au-dessous de trente ans. S'adresser pour plus amples renseignemens à madame Châtillon, rue de la Boule-Rouge.

Et chacun de se récrier.

Je ne vois rien d'étonnant à cela, Messieurs, a dit M. de Kentzinger, il tombe tant d'eau depuis quelques jours que les *canards* peuvent prendre leurs ébats.

Il y a quelque temps madame Saint-Marc avait aussi des orphelines à marier, mais des orphelines jeunes, jolies et riches, *disait l'annonce*, ce qui était beaucoup moins vague que l'orpheline de madame Châtillon, qui peut être vieille, laide, et déshéritée par l'oncle fort âgé.

Un de nos amis fit à madame Saint-Marc la mauvaise plaisanterie de lui écrire que la grande fortune lui convenait assez pour l'épouser et prendre une des deux orphelines pardessus le marché.

Cette dame s'empressa de répondre à notre ami et de lui demander *cent francs* pour les premiers frais nécessités par la mise en relations.

Notre ami ayant perdu sa dernière pièce de cent sous la veille à un lansquenet de boules-rouges, l'affaire en resta là.

M. Lepoitevin Saint-Alme, rédacteur en chef du *Corsaire*, est impliqué dans divers procès intentés à ce journal — et il demande si — après un gérant responsable — et un auteur responsable, qui s'est loyalement fait connaître, il peut y avoir encore un rédacteur en chef responsable — et plus responsable que le gérant du journal et l'auteur de l'article incriminé.

Cette question intéresse toute la presse, comme le fait judicieusement observer M. Lepoitevin Saint-Alme.

Cependant, c'est à peine si les grands journaux ont élevé la voix pour protester contre ce dangereux précédent. Tant pis pour eux, car ils seront victimes un jour de leur impolitique indifférence, et ils seront punis par où ils auront péché.

Il est vrai qu'il est difficile d'avoir les yeux sur l'Europe et à ses pieds. Alors il faut se résigner à subir le sort de cet imprudent qui ne s'est aperçu du précipice qu'en roulant au fond.

A une matinée musicale où nous avions été invité, nous nous sommes cru transporté dans un des somptueux salons de Madrid. Les plus grands noms de l'Espagne et les plus jolies femmes s'y étaient donné rendez-vous pour entendre M. Silvestre Pascual, jeune Espagnol qui a une très belle voix de ténor et un physique fort avantageux pour la scène. Il était secondé par mademoiselle Ruppelin, jeune cantatrice d'un grand mérite, et M. Rubini tenait le piano.

— Que pensez-vous de cette charmante corbeille de fleurs? demandait un invité à M. de Kentzinger, le spirituel auteur de *Trois duels* et *Deux amours*.

— Je pense, répondit notre ami, que Louis XIV exprimait un vœu à double entente en souhaitant qu'il n'y eût plus de Pyrénées.

M. de Mackau a des naïvetés charmantes.

A propos de la discussion sur l'émancipation des esclaves, M. Ledru-Rollin a révélé des atrocités épouvantables, et il n'a épargné ni les conseils coloniaux, ni la coupable magistrature coloniale, en prouvant que la loi était impunément violée aux colonies.

Aux faits accablans et irrécusables signalés

par le député radical la candide *excellence* a répondu :

— S'ils se renouvellent, le gouvernement sévira.

— Vous ne punissez donc que la récidive s'est écrié M. Dupin.

Et la Chambre d'applaudir, à l'exception pourtant de M. Jollivet, l'homme payé par les colons pour les défendre, et qui a eu le triste courage de gagner son argent au milieu des huées générales.

Voilà ce qui s'appelle avoir de la probité inhumaine ou de la probité de Quimperlé.

En entendant parler de l'abolition de l'esclavage M. Chapuys-Montlaville a *proposé* l'abolition de la liberté.

✻

Quant à M. Hébert il n'a qu'une idée fixe : poursuivre à outrance ce qu'il appelle des anarchistes et jouer au *talon rouge*.

On assure qu'à la dernière soirée du prince de Ligne l'huissier a annoncé deux fois, avec une voix de stentor, et au grand ébahissement des invités :

SON EXCELLENCE *monseigneur* le ministre de la justice et des cultes.

Un haussement général d'épaules a accueilli l'entrée de l'auteur de la complicité morale.

L'*excellence* a cru qu'on *la* saluait.

— Et on appelle *ça* un ministre des grâces, a dit un blonde fille d'Eve, en tournant dédaigneusement le dos à l'*excellence*.

Dernièrement un jeune lion pur-sang se rendant à une soirée chez la comtesse D..., rencontra un médecin homœopathe de ses amis et lui demanda une recette contre l'ennui.

Une recette? fit le docteur étonné. Est-ce que vous n'allez pas chez madame D...?

C'est juste, docteur. J'avais oublié le système homœopathique.

Depuis longtemps on appelait *bornes* les députés conservateurs... de leurs sinécures.

M. Liadières a tué le mot par un autre. Oui

je suis *borne*, a-t-il dit, et je me fais honneur d'être *borne* parce que les *bornes* servent quelquefois de *garde-fou*.

Attrape!

Nous voudrions bien savoir depuis combien de temps M. Liadières tenait son bon mot en réserve. Quoi qu'il en soit nous croyons que le *garde-fou* Liadières se fait bien plus honneur d'être aide-de-camp du Roi.

Le dernier *steeple-chase* nous a confirmé dans cette idée : que la vanité de certaines femmes est imperméable. Était-ce pour se donner le courage de braver la pluie, que ces *faibles* et mignonnes créatures engloutissaient tant de Champagne et de Madère? Nous l'ignorons. Ce que nous pouvons affirmer, c'est qu'elles ont été héroïques de ridicule.

Nos modernes Messalines triomphaient sur toute la ligne, et leurs turcarets remplissaien convenablement leur rôle. A tout ce qu'elles leur font porter, il faut ajouter désormais la croix de Berny. Quelle charge!

Dieu soit loué! le déluge de concerts a cessé. Et désormais les ravissans virtuoses des bois vont seuls nous charmer.

De toutes ces prétendues solennités musicales, nous avons cependant conservé un bien agréable souvenir du concert donné par mademoiselle Martmann. Cette jeune pianiste sait allier tant de modestie à son gracieux talent qu'un de nos amis disait à la sortie des salons de Pleyel :

— Mademoiselle Martmann vient de me prouver une chose.

— Laquelle?

— C'est que ce n'est pas le piano qui mérite toutes les malédictions dont on l'accable.

Encore des accidens sur le chemin de fer du Nord! Décidément cette ligne devient le plus court chemin de l'éternité.

CHARLES ROBIN

www.ingramcontent.com/pod-product-compliance
Ingram Content Group UK Ltd.
Pitfield, Milton Keynes, MK11 3LW, UK
UKHW021629260726
13994UKWH00003B/1137

9 782329 096421